うりうり

大下　歌子

文芸社

イラスト　渡部　健

はじめに

この作品が見知らぬどなたかの手に渡り、読んでいただけることは大変光栄に思います。人は知らずのうちに生まれ、知らずのうちにこの世から去っていきます。砂山の砂の一粒一粒のようにどこかに生きた絵巻を持って、過去というロールに巻かれて消えていきます。いま歩いている道も緑の山も、もうこの世にいない人びとも歩いた道や緑の山、人に知られずに去った人びとの声が聞こえてくるような気がします。

この本の出版にあたり編集部の浜賢さんには大変協力をしていただきました。ありがとうございました。

もくじ

郵便はがき

恐縮ですが
切手を貼っ
てお出しく
ださい

160-0022

東京都新宿区
新宿1－10－1
(株) 文芸社
ご愛読者カード係行

書　名				
お買上 書店名	都道 府県　市区 郡　書店			
ふりがな お名前			大正 昭和 平成　年生　歳	
ふりがな ご住所	□□□-□□□□		性別 男・女	
お電話 番　号	(書籍ご注文の際に必要です)	ご職業		

お買い求めの動機
1. 書店店頭で見て　2. 小社の目録を見て　3. 人にすすめられて
4. 新聞広告、雑誌記事、書評を見て（新聞、雑誌名　　）

上の質問に1.と答えられた方の直接的な動機
1. タイトル　2. 著者　3. 目次　4. カバーデザイン　5. 帯　6. その他(　　)

ご購読新聞　新聞	ご購読雑誌

文芸社の本をお買い求めいただき誠にありがとうございます。
この愛読者カードは今後の小社出版の企画およびイベント等の資料として役立たせていただきます。

本書についてのご意見、ご感想をお聞かせください。 ① 内容について
② カバー、タイトルについて
今後、とりあげてほしいテーマを掲げてください。
最近読んでおもしろかった本と、その理由をお聞かせください。
ご自分の研究成果やお考えを出版してみたいというお気持ちはありますか。 ある　　ない　　内容・テーマ（　　　　　　　　）
「ある」場合、小社から出版のご案内を希望されますか。 する　　しない

ご協力ありがとうございました。

〈ブックサービスのご案内〉

小社書籍の直接販売を料金着払いの宅急便サービスにて承っております。ご購入希望がございましたら下の欄に書名と冊数をお書きの上ご返送ください。　（送料１回210円）

ご注文書名	冊数	ご注文書名	冊数
	冊		冊
	冊		冊

うり、うり

夏の宵祭りの夕方だった。人びとでごった返していた。人通りの多い場所から少し離れて若者はうりをうっていた。朝早く、もぎたてのうりをいくつかのかごに入れて荷車で運んできていた。朝から暑かったせいでうりはほとんどうれていた。重い財布をふところに若者は帰り支度をしていた。

「どろぼう、どろぼう」

と誰かが大声で叫んでいる声が聞こえた。こっちに誰かがかけて来たかと思うと、どしんと若者につき当たり少しばかり残ったうりとかごをけとばして逃げていった。若者は、とっさに逃げた男を追いかけていた。うりもかごもちらばったまま無我夢中だった。

どれくらい追っただろうか、どこに逃げてしまったのか見失っていた。このあたりだと思い、きょろ、きょろと見回して気がつくと、どろぼうを追いかけてきた人たちや役人で人だかりになっていた。

若者がいくら人違いだといっても、まわりの人びとにけとばされ打たれてとうとう気を失ってしまった。

「この財布かね」

「間違いありません」

若者が朝うす暗いうちに起きて、もぎたてのうりをうった代金だった。財布をすられたという男は、役人にいくらかのお金をそっとにぎらせて去っていった。

若者の古い木綿の着物は破れ袖はちぎれ、顔からも背中からも血が流れていた。ころがされるように引っ立てられていった。

若者がようやく牢屋から出されたときは早《はや》

数ヵ月がすぎていた。秋も終わりに近い季節になっていた。震える体でこれからどうしていいのか、死んだほうがましだと考えていた。母親はどうしているのか、無一文ではと、思い、迷い、悩み歩いていた。

「かちん、かちん」

拍子木の音と、

「火の用心」

という声が聞こえてきた。

腰にちょうちんをぶらさげて夜回りをしていたおじさんに出会った。

「こんな寒い夜にどうしたんだね」

「寒かろうに」

やさしい言葉に若者は両手を合わせて伏しおがんでいた。見れば古着の着物は破れて血がこびりついていた。やせこけた顔にも、腕にも足にも傷がのこっていた。どう見てもまともな人間にはみられなかった。夜回りのおじさんは事情を聞くと可哀相に思い自分の家につれて帰った。古びた二間だけのぼろ家だった。恐がる娘にいいつけてお湯をわかし体を拭いて着物を着替えさせ休ませてやった。若者はほっとしたのか翌日から高熱を出し寝込んで起き上がることが出来なかった。

ひと月もすぎてようやく快復し元気を取りもどした。母親のこと村のことが気になり父娘にお礼をいって帰っていった。

母親は息子が遠くの町までうり、うりにいって災難にあっているとは知らずに、いくら待っても帰らないので食事も喉に通らず、とうとう衰弱して亡くなっていた。貧乏だった母子は誰も耕やさない荒地を少しずつ耕やし、または他人の手伝いなどをしてようやく小さい家も畠も手に入れ人並みの生活が出来るようになっていた。村人は若者も母親も姿を見せないのでたずねてみると母親は衰弱死していたので村人の手で葬儀をすませていた。

草ぼうぼうの家の前に若者はぼう然と涙にくれて立ちつくしていた。今は何もいらなかった。生きていても仕方ないと思っていた。春にまいた大豆が誰にも収かくされずにさやに入ったまま枯れて、かさかさと風に鳴っていた。ふっと夜回りのおじさん父娘の親切な顔が頭の中をよぎった。若者は父娘に救われたのだった。恩返ししたいと思っても何もなかった。風に鳴る大豆だけが畠にあった。若者は無意識に大豆をあつめていた。

再び訪れた若者に父娘は喜び、

「死ぬのは何時でも出来る、荒地を耕やした苦労をもう一度やるつもりでこの大豆で味噌でも作って売ったらどうか」

とさとした。

若者はおじさんのいう通り、畠に残っていた大豆をあつめて大豆を煮て味噌玉を狭い家の中につるした。塩とこうじはおじさんがどこかにたのんで都合してくれた。

そして春になっておいしく出来た味噌を売った。味噌はおいしいと評判になり注文も増えていった。しかし人のいい若者はだれにでも貸し売りしたので返さない人が増えていった。塩などの借金が増えてその年の大量の味噌は借金のかたに全部持っていかれた。またもとの貧乏にかえった。

おじさんは若者に、

「娘を嫁にもらってくれ。二人で働いて大きな店でも持ってくれ」

とはげました。若者も、もともと無から出発したのだからとうなずいた。

何年かすぎていた。借家だった家のすぐ近くに白壁の土蔵を持つ大きな味噌店があった。若者の子どもたちも成長して店の後継ぎとして店を手伝っていた。

夜回りのおじさんは今を見ることもなく亡くなっていた。

昔話

村にひとりの若者がいた。何をしていいのか毎日ぼうっとすごしているうちに畠も田んぼも草ぼうぼうになってしまった。親ののこした大きな家も雑木や雑草にかくれて見えなくなってしまった。米倉にたくさんあった食べ物もだんだん少なくなっていた。

ある日、目ざめて見ると、きれいな娘が家の拭き掃除をしたり、ごはんを炊き味噌汁を作っていた。

夢かな、と思ってみたが夢ではなさそうだった。起き上がって声をかけようとすると娘は大急ぎで帰っていった。

次の日も次の日も待ったが現われなかった。若者は家のまわりの草ぼうぼうをかまできれいに刈り窓から遠くまで見えるように朝早くから起きて待ったが、とうとう娘は現われなかった。若者は毎日娘を待ったが来ないので畠や田んぼの草を取り野菜を作り米を作って働いた。野菜もお米もたくさんとれて倉にもいっぱい売ったお金もどんどんたまって若者は大変なお金持ちになっていた。お嫁さんをすすめる人があっても、お米がへったり、ごはんを食べられるのがいやで何時までも一人でいた。日照りで作物がとれなくなった村人が分けてくれるよう頼んでも何一つ手放すことが惜しくなっていた。

ある日、仕事から帰ると家に明かりがついていた。そうっと窓からのぞいてみると何時かの若い娘が、ごはんを作り味噌汁を作り、出来上がったいろり端で小箱をのぞいていた。若者の姿に気づいて慌てて小箱を後ろにかくした。若者は、

「お前はどこの人か、どこから来たのか、人の家に勝手に入り込んで一体誰なのだ。後ろにかくしたものは何か」

と聞くと、

「私はあなたの親戚の者です。小箱は親からもらったもので誰にも見せられないものです」

といった。

若者は、

「ごはんを少し食べるだけならこの家にいてもいい。そのかわりその小箱をのぞかせてくれ」

といった。

娘は、

「私の食事は少しだけでいい」

といって小箱を取り出して一つだけあける約束をして一つ目の引出しをあけた。若者がのぞいてみると小箱の引出しの中は山山は緑、里は花が咲き大勢の人びとが田植えの真っ最中だった。ここは一体どこなんだろう、こんなに大勢の人たちが働き何と美しい山の緑、夢ではないかと思った。

次の日畑仕事から帰ると、もう一度引出しの中を見せてくれと頼んだ。娘は二つ目の引出しのかぎをあけた。まぶしい太陽がぎらぎらとかがやき稲は青青と育ち、山の木木は緑の葉を大きく広げて小鳥は楽しそうにさえずっていた。若者は酔いしれた人のようにのぞき続けていた。

翌日になると若者は仕事を早くきり上げて家に帰って娘に引出しの中をのぞかせてくれるように頼んだ。三つ目の引出しのかぎをあけた。稲が黄金色にかがやき頭をたれて、大豊作のうねりがどこまでもどこまでも続いていた。これ程のお米は家の倉には、入り切らないなあと若者は思っていた。娘はこれが最後だといった。若者はどうしても最後の引出しが見たくてたまらず娘からかぎを取上げて中をのぞいた。雪が降り吹雪になっていた。寒寒とした灰色の世界だった。若者の頭も真っ白になっていた。どうしたという事だろう、かぎのしまっている倉の戸が風で開き、ぎっしりつまっていたお米は空っぽになっていた。いったいどこにいったのだろう。どんどんと暗やみにつれていかれるようだった。

遠くに一軒あかりのついている家があった。ごはんのいい匂いがぷうんと匂ってきていた。ひいふうみいよう、何かを数えているような声が聞こえた。近づいてのぞくと、大きなおなべに炊き上がったばかりのごはんがあってそれを大きなおにぎりにして、天井に向けて、しょい、しょいと投げては落ちてくるおにぎりをお手玉のように大きい口で受けて食べていたのは、あの若い娘だった。

「あっ」

ぞくっとして逃げようとした時、若い娘は大蛇になって大きな大きな口をあけて若者をのみ込んでしまった。

ぱちんと、どこかで音が聞こえたようだった。家も倉も田んぼも消えて草ぼうぼうの原っぱが残っていた。

御神租さん

御神祖さんは「ごみそさん」と呼ばれて、村の人たちにたよられていた。ごく近所のおばあさんだったり、中年の女性であったりした。悩み事があった場合、決断出来ない事があるとごみそさんに見てもらうといった。

ごみそさんは目をつむり、長いじゅずを指先で一玉一玉回しながら口の中でぶつぶつ呪文を唱えては、両手をすり合わせて神に祈り、神のお告げを聞き、悩む人に伝えるのである。

子どもの頃、お腹が痛くて置きぐすりを飲んでも、翌日になっても痛みが治まらず、ごみそさんを家に呼んで見てもらったことがあった。ごみそさんは寝ている私の額に手を当て、口の中でぶつぶつ何か言っては、じゅずを回し祈っていた。

誰の作ったものか、木彫の細かい、手のこんだ神社の模型が棚に置かれて神様を祀っていた。その模型の神社が災いしているといった。そして、明日になってもまだ痛がるようだとお医者さんに注射してもらうように。必ず明日には治るからと処分を頼まれた神社を持って帰っていった。雪の多い年だった。いくつかの集落に唯一軒の診療所に行くにも大変だった。翌日になっても痛がる私を家の人たちは明るいうちにといって雪ぞりに乗せて雪の晴れ間に診療所につれていった。痛み止めの注射をしてもらって家に帰ると大さわぎして痛がったのが嘘のように治っていた。

ごみそさんは不思議な存在だった。ごみそさんを呼ばなかったなら何日でも置きぐすりで我慢させられていたかもしれなかったが、お告げで治ったとは思わなかった。

川の上流の村によく当たるごみそさんがいると、この村にも聞こえていた。その村では数日前から火事が起こると、うわさでさわがしかった。

火事という事で夜回りをしたり、村の消防団の人たちも交替で気をつけていた。その週末がすぎて、ようやく村人も安心していた未明に火事が起きた。一軒の家が全焼した。幸いにも家族は避難し隣家への延焼はなかった。焼けた家はよく当たると評判のごみそさんの家だった。

ごみそさんが放火したとのうわさが広まっていた。

「火事が起こると言ったのに、どこにも火が出なかったから」

ということだった。

掛けじくのなぞ

この家は大分古くて、かや屋根は朽ちて、ぼろぼろであった。まわりのたて板も灰色になって下の方から朽ちていた。そのためか赤茶色の新しい杉皮でまわりを、おおっていた。

どんな理由からか半分は昔のままで、朽ちたかや屋根の半分だけが新しく建てかえられた。

家が半分こわされたとき、台所と土間つづきの中間に一間の押入れがあった。大きな茶箱に虫くいの子供のメリンスの着物などがしまわれていた。使われていないがらくたも一緒に押込まれていた。この押入れを背にいろりのある座敷はあった。

ごく普通の家とばかり思っていたが、こわされたとき押入れの下が洞くつになってそして裏庭に出るようになっていた。冬の夜、昔聞いた話だよ、従兄《いとこ》が掛けじくの軸に秘密の地図がかくされているといっていた。

掛けじくの軸はしっかりとくっついているため中が空っぽなのか、地図が入っているのか確かめようがなかったが、子どもたちが勝手にいじくることは出来なかった。まわりの子どもたちは馬鹿だなあ、うそに決まっているだろう、つくり話だよという。それでも、もしかしたらと私は心に不思議を抱いていた。

ある日、大人たちにつれられて山菜取りに山に行ったとき、低い山を登ったり下ったり遊んでいるうちに、私はみんなとはぐれてしまった。しいんと静かな山の中腹に立っていた。恐くなって大声で叫ぶと山の向こう側から、

「そっちにいっちゃだめだよう」

「早くこっちにこいよう」

と響くように低い声が聞こえてきた。

あわてて、大急ぎで低い山をいくつかかけ登りかけ下りみんなのいるところについた。

入ってはいけない場所だった。村人でも入ってはいけない場所があるとは知らなかった。山菜取りの人たちも山間のわかりにくい場所だったので気がつかず誰も知らなかった。一人の年寄りが知っていた。女、子供が入ると祟りがあるといった。

笹やぶと、うっそうとした太い杉の中に古いお堂のような建物が見えたような気がした。そのとき「どきっ」としたのはそこが掛けじくそっくりの風景に見えたからだった。一気に昔に生きているように思えた。遠い昔は何がかくされていたのか、修験者をとじ込めた洞くつがあるとか、くわしく知る人はいなかった。

罰が当たるよといわれていた。その後何事も起こらなかったが、ときどき不思議そうに〝魔ものっ子〟と呼ばれた。

なぞのまま秘密の掛けじくは人手に渡り、山また山の山間にあったお堂のありかもどこだったのかわからなくなっていた。

小さな板の橋

戸口から土間にちらちらと雪が舞い込んでいた。

平屋の同じような木造の古ぼけた家が並んでいた。路の前や坂の曲がり角に、けやきの大木が平屋の上に大きく伸びていた。

目の前を通りすぎる人びとの姿もあとからあとから降り続く雪に包まれて見えかくれしていた。

ふいに、大きい黒い影が入り口をふさいだ。父だった。抱えた包みを私の手に持たせた。

「父さんが帰ってきたよ」

と叫びながら座敷にもどった。

おじさん、おばさん、女学生のお姉さん、中学生のお兄さんはこたつに入ったまま笑顔でふり向いた。包み紙を開いた。小さな赤い長ぐつだった。家の中で長ぐつをはいたまま家の外に出た。真っ白いふんわりした雪の上に足あとをつけてなんども行ったりきたり、雪はあとから、あとから、降り続き足あとを消していた。

父は同じ職場で働くおじさん一家に私をあずけていた。同郷でもあり小学校からの親友でもあった。この一家にお世話になるまえのある夏の日、幼稚園から帰った私を祖母は大急ぎで人力車に乗せて病院へと急いだ。母は病気で入院していた。幼い私には母の死はわからなかった。

その後、おじさん一家と別れて留守にしていた我が家に帰った。

すぐ目の前に公園があり、道をはさんで四十七連隊のいく棟もの兵舎があった。ラッパの音も小鳥のさえずりも懐かしかった。

ある日、父は私をつれて父の生まれ故郷でもある東北の小さな村に旅立った。

きかん坊で田舎の生活になじまない私にみんなが手こずり、向かいのおばあさんと親戚が毎日きてはなだめたり、寝かしつけたり大変だったという。

おばあさんの一本だけ残った前歯は唇の前につき出て髪は真っ白で背が高く、絵本の中に出てくる昔の怖いおばあさんのようで最初は近づけなかったが、やさしく心から心配し、いとしんでくれた。

数年経ってある日、見知らぬ中年の男女が家を訪れていた。父から頼まれた品物を届けにきたということだった。小学校の入学も近づいていた。セーラー服だった。衿もとに浅草松屋のマークがついていた。遠い異国で知り合った友人ということだった。背丈の小さい私は肩やすそをたくし上げてもらって小学校卒業まで着ることが出来た。

父は遠い職場に転勤していた。私が小学校入学の前年病気のため亡くなっていた。

伯母からは、雪が降ると私に手こずりながら育てた小さい頃、

「うちの橋っこにも雪っこ降ったかなあ」

と思い出して話していた、と聞かされた。

田舎へ父が私をつれて帰る日、家の前の小さな板の橋をとんとんとふんで遊んでいたという。再び帰ることのなかった我が家。家の前を大人がひと飛び出来る小さな小川が流れて板の橋がかかっていた。

十代の不安

灯りが外にもれないように窓にも電燈にも黒い布をかぶせて、暗い家の中で心も魂も黒いカーテンで遮断されたようにすごした日日。

戦争は終わり、もう電燈に黒い布をかぶせなくともよくなったとき、変に明るく解放された気分だったが家の中では家族のようで家族でなかった疎外感と冷たい視線を感じていた。

目標などなく何をしていいのか、これから先があるのか、ないのか、何をしたいのかわからない落ち着かない気持ちで生きていた。

学びたい希望はあっても農家に進学させる余裕などなかった。とにかく何でもいいから働くことだった。気に染まない向かない職業でも働き口があればよかった。無知、無学はいやだと思っても無一文ではどうしていいのか、どうすることも出来ず灰色の心ですごしていた。

戦争前までののんびりだった村。春夏秋冬、欠かすこともなく昔のしきたりでいろいろの行事が行われていた。三日も祝った結婚式、月見の行事、村人は助け合いゆっくり時がすぎていた。五十代の女性は、おはぐろで歯を黒光りさせておしゃれをしていた。

戦争が始まると若者は戦争に行き戦死し、急に人手不足、物不足になり村人も自分の家の事で精一杯忙しく、他人を考えるひまもなくなっていた。戦争は終わった。戦後は、あらしのように人の心も生き方も変えていた。村人の生活も伝統もつき合いも大きく変化した。

終戦から数年経っていた。村では初めての成人式を祝う事になり私も招待された。村の女性の結婚は早く、二十歳までにほとんど家にいなかった。それでも残っている友人と出席した。友人と何を話したのか、来賓が何を話したのか、何を聞き何が聞こえたのか、心の中では家を出ようと思いつめていた。

終戦前夜、突然の空襲で、あとかたもなく爆撃された精油所あとに立っていた。昭和二十四年夏、建物の原形をとどめないほどに破壊されたコンクリートのがれきの山、赤さびた鉄棒がぐにゃぐにゃに曲がって散乱していた。人影はなかった。深く青く澄んだ日本海がぴくりとも動かず足もとの砂山すぐそばにせまっていた。がれきの山と人っ子一人いない、ちょっと怖い気持ちと静かに澄んだ青い海、深い動かない海を眺めながら不思議な光景に吸い込まれていくように、その場にはりつき立ちつくしていた。

おはぐろ

私の住んでいたのは四十軒ほどの小さな村だった。昔のしきたり、年中行事など何一つ欠かすことなく行い、数多く風習として残っていた。

戦争前ののんびりした村。

終戦少し前まで明治生まれの伯母はおはぐろで歯を黒く染めて、まゆ毛を剃り落としていた。いろりの隅に置いた小さいふた付きのつぼに酢のような匂いの液を入れ、その中にときどき古くぎを入れておはぐろの液を作っていた。はがき大の白い和紙の袋に「かねぐろ」と太い黒い文字が書かれて、灰色の粉をいろりの隅に置いてある液で溶き、歯にこすりつけていた。エナメルの黒靴のように黒光りの歯になり、あやしい光を口の中から放っていた。

この小さな村から十数人の男子ほとんどが戦争に召集され半数の人が戦死していた。

明治生まれの伯父は西洋人のまねはしないといって外出の時も羽織はかま姿で出掛け洋服は着ないといっていたが、二人の息子が戦争に取られ、田畑の仕事や開こんに村中かり出されたり出征兵士を送ったり忙しい日が続くとシャツにズボン姿になり、伯母もおはぐろの歯が灰色になっても手入れは出来なくなっていた。

長い暗い戦争が終わった。一人の息子は亡くなり一人の息子が帰ってきた時、戦後はいち早くこの村を変えていた。古いしきたりもこわれて惜しいと思う間もなく次次と消えていた。

新しい文明文化が押し寄せてきていた。

戦後五十年、かや屋根の家は消えてあれほど明治を守ってきた伯父も伯母もとうに亡くなり、どの家のお墓も大きく立派になっていた。

その中に戦争中最初に戦死した人の忠魂碑が、どの家の墓石よりも高く大きく、そばの伯父や伯母たちの古い小さなお墓を日陰にしていた。

無念の明治がぽつんと残っているようだった。

伯父の気風

ふるい立たせるものは何か、高揚するものは何か、明治半ばに生まれた伯父は、頑固で古いしきたりを押しつけ、守らせようとする気分が強かった。

村で唯一軒仏教を神道に変えたり、県内で一番偉い人は、国学の神様は平田篤胤《あつたね》、農業の神様は佐藤信淵《のぶひろ》翁だと漢字もわからない小さな子どもたちに教えおぼえ込ませようと真剣だった。本居宣長《もとおりのりなが》、賀茂真淵《かものまぶち》と教えられ、どんな人かもわからないまま遊びに夢中だった子どもたちは、ちんぷんかんぷんだったし、聞こえてもおぼえようとはしなかった。

天皇を尊ぶ、先祖を敬う、神主さんの唱える祝詞《のりと》は古代から引きついだ詞《ことば》だと教えてそれを好んだ。古くから仏教にすがって生きる村人にとって、神道という霊への恐れを抱き、一目置いて見られる伯父の行動だった。

村はいくつかの集落が遠くに近くに散在していた。神社は本村の村はずれに、杉木立の中にあった。本村から少し離れて四十軒ほどの村の氏子だった伯父は、以前よりも深く神社にかかわり合うようになっていた。お祭りが近づくと村の家家に配るしめかざりを何日も前から半紙を切って準備したり、連絡に忙しくも嬉しく働いていた。お祭りの前日から何軒ものお店や、近在からの親戚などで、一度に人があふれていた。当日になって、おみこしが村村を練り歩き、昼すぎになってこの村に来るころ、家家の前に水がまかれ砂がまかれると獅子舞い、天狗、踊る人たちの行列が続き、伯父の家の前にくると獅子舞いが舞い、おみこしは気勢を上げて最高潮になって人垣にぶつかり一休みする。気むずかしい伯父も満面笑顔になって冷たい水、お茶、お酒などふるまっていた。

一年中の行事は何一つ粗略せずに行った。また家族にも守らせた。

若い頃の叔母はお嫁に行った先がつらくて何度か家に帰りたいと思っても、兄である伯父から、

「女は一旦嫁いだらその家の戸や障子と同じだ。後から入る戸や障子が合わないからと家を削ることはしないものだ。自分を家に合わせるのだ」

としかられたという。

小さな僻村で満足に教育を受けたとは思われない伯父は独学、多趣味、その始まりは何だったのだろうか。裏庭は花や木を植え大輪の花に改良し、つぎ木、盆栽など、稲の一本植えの実験、野菜など品評会で賞をもらったこともある。和歌は万葉調を好み、投稿し入選するなど、美人画は本格的に顔料をつかって画いていた。素人なのにすばらしい色使いで残っていた。いつ頃からか、離れた町の古物商の鑑定人の仕事をして町まで通っていた。古い物に接しているうちに少しずつ田んぼを売って

浮世絵、掛け軸、古書などを蒐集するようになっていた。座敷の真ん中に大きな本箱を作って家を改築したりした。

伯父の一日は朝の太陽に向かってかしわ手を打って祈りから始まった。のがれようのない貧乏農家の長男に生まれて自分の可能性を広げて生きた伯父ではあったが、戦争が始まると西洋のまねはしない、敵の服装はしないと外出の時も羽織、袴、正装した姿で出掛けていた。

戦争がはげしくなって二人の息子も戦争に取られると、ようやく国民服に着替えて田畑に出掛けるようになっていた。一日ラジオに、配達される新聞に一喜一憂し、日本は神国だから必ず勝つと自分にも他人にも言い聞かせていた。伯父の三男は若くして海軍に志願して亡くなった。伯父の持つ何百冊もの本棚の古い分厚い本も早くから読み、小学校の先生や級友からも「辞典」とあだ名で呼ばれていた。小学校を卒業する頃になって受持ちの先生、教頭、校長とつれだって上の学校に進学させるように説得に来ていた。だが何度の訪問、説得にも応じなかった。

「貧乏農家に進学させる余裕がない」が理由だった。

十人もの大家族だった。他に理由は何かあったのだろうか。

次第に戦争がはげしくなって伯父が陛下のためとすすめたのだろうか、自分の意志だったのか、少年兵として海軍に志願していった。

惜しい頭脳を死なせ頑固をくずさず戦後はどう生きたのか、

「新聞に連載されている獅子文六《ししぶんろく》の『駒子』を読んだ、世の中変わった」

と戦後しばらくしてもらったハガキに書かれていた。

思い出も遠く

「歌ちゃん」

いつくしむような目を向けて私を呼び、顔をつくづく眺めては、おかっぱ頭をなでていたおばさん一家は、駅に近い本村にあった。

おじさんは片方の足を、戦争でけがをしたのだということだった。松葉杖をつきながら、体を左右にゆらしながら歩いていた。いつの戦争かは、わからない。

明治生まれの人たちはおじさん一家とは気が合ったのだろう。おじさん一家はときどき遊びに来ていたが、夕方まで楽しそうにおしゃべりが続いていた。足繁く訪れていたのは、おばさんとお姉さんで、まだ小さかった妹は恥ずかしいのか大きい目で笑いもせずに、大人のそばに行儀よくすわっていた。

おばさんとお姉さんの声は大きく、何がおかしかったのか大きな声で話しては大きな声で笑って賑やかだった。お兄さんは航空学校に入っていた。年一度か二度の休暇に我が家を訪れていた。近所の子どもたちからも「ひろちゃん」と呼ばれて親しまれていた。家の人も近所の人も、

「みやちゃんとひろちゃんは美男美女だね」

と話していた。二人はすらりと背が高く独身だった。

家では長男が朝早くから家の精米所で村人の精米をしていた。そのため村人の出入りも多く、夕食が終わっても村人が、いろり端で話しこんでいくので夜おそくまでいつも賑やかだった。おばさん一家も相変わらず訪れていた。農繁期をのぞいた季節のよい春秋には、おじさんも足をひきずりながら訪れていた。おじさんの家は農家ではなかったのか、伯父は、ときどき野菜などを届けていた。戦争の始まる少し前までの、誰ものんびりの時期でもあった。

それでも一年の移り変わりは、早くも山山を田畑を緑で美しく彩り、農家では忙しい季節でもあった。

その日小学校から帰ると、いろり端で大人たちが沈痛な顔でおしだまったままでいた。

伯母が、

「ひろちゃんがね」

と言いかけて、雰囲気から、

「ひろちゃんがどうかしたの！」

と早口で聞く私に、伯父はだまったまま怖い顔でにらんだ。伯母も口

をつぐんだ。

それっきりひろちゃんの事は深く聞くこともなくすぎた。

おばさん一家は、ばったり姿を見せなくなっていた。ひろちゃんの乗った飛行機が墜落したのだという。

農家は忙しく、ひろちゃんのことも一家のことも口にしなくなっていた。戦争が異国のどこで始まったのかわからぬまま、若者が召集されていった。

その事件があってから物不足が始まり、村人は老人も女も開拓や消火訓練にかり出され、人手不足になっていた。若者は戦争に行き、子どもたちの遊びも少なくなって心を暗く束ばくしていた。

何年か経って暗いいやな戦争は終わった。

戦前あれほど足繁く訪れていたおばさん一家の消息は絶えていた。

親戚とばかり思っていたおじさんは、父の友人だったという。

去りし日

ごおーんと空からの金属音が聞こえていた。いつも気にせず通りすぎる音だったのに、それがぐんぐんと私を小さく圧縮して十代のあの日に引っ張っていった。

「ひろちゃんがきたよ」

と従妹が大声で呼んでいた。向かいの路地で男の子たちと遊んでいた私は土ぼこりを払いながら急いで走っていくと玄関前でカーキ色の上下続いた飛行服を着たひろちゃんが敬礼で迎えていた。肩には大きなカメラがぶら下がっていた。私は一寸恥ずかしい気持ちで家の中にかけて入った。

伯母は黒光りのするおはぐろの歯を前掛けでこすりながら、私と従妹に洋服を着替えるようにといった。この年の夏祭りに伯母は、どこの呉服屋さんも反物も洋服も入荷が少なく、これだけだったと買ってきてくれたワンピースは若草色一色のコスモスが描かれていた。従妹は空色の色違いであった。

着替えて外に出ると子守をしていた近所の小母さんや子供たちが大勢集まってひろちゃんとカメラを眺めていた。その頃、カメラはめずらしかった。親戚でもある向かいの小母さん一家と何枚かの写真に撮るとひろちゃんは、

「きかん坊おいで」

といってどんどん裏庭の方に歩いていった。きかん坊と呼ばれるのは嫌だった。伯母は反抗する私を時どき、きかん坊と呼んだ。どうして知ったのか恥ずかしい気持ちでひろちゃんの後からついていった。

裏庭は伯父のたんせい込めて作った花が咲いていた。ダリアの花は私の背丈より高く伸びていた。ひろちゃんはダリアの中に私を立たせた。

伯父のきびしい顔が浮かび一瞬ためらったが、背の低い私は下駄をつま先立てて背伸びして立った。ひろちゃんは真っ赤なダリアを引き寄せて私の手に持たせた。

夏も終わり忘れていた頃、ひろちゃんの撮った写真が届いた。大勢で撮った白黒の写真は少しぼけて写っていた。ダリアを持った私の写真は大きく伸ばしてあったがダリアは黒く写っていた。

その翌年農繁期の頃、ひろちゃんの乗った飛行機が墜落したとしらせがあった。暗い戦争の始まりだった。

青春時代

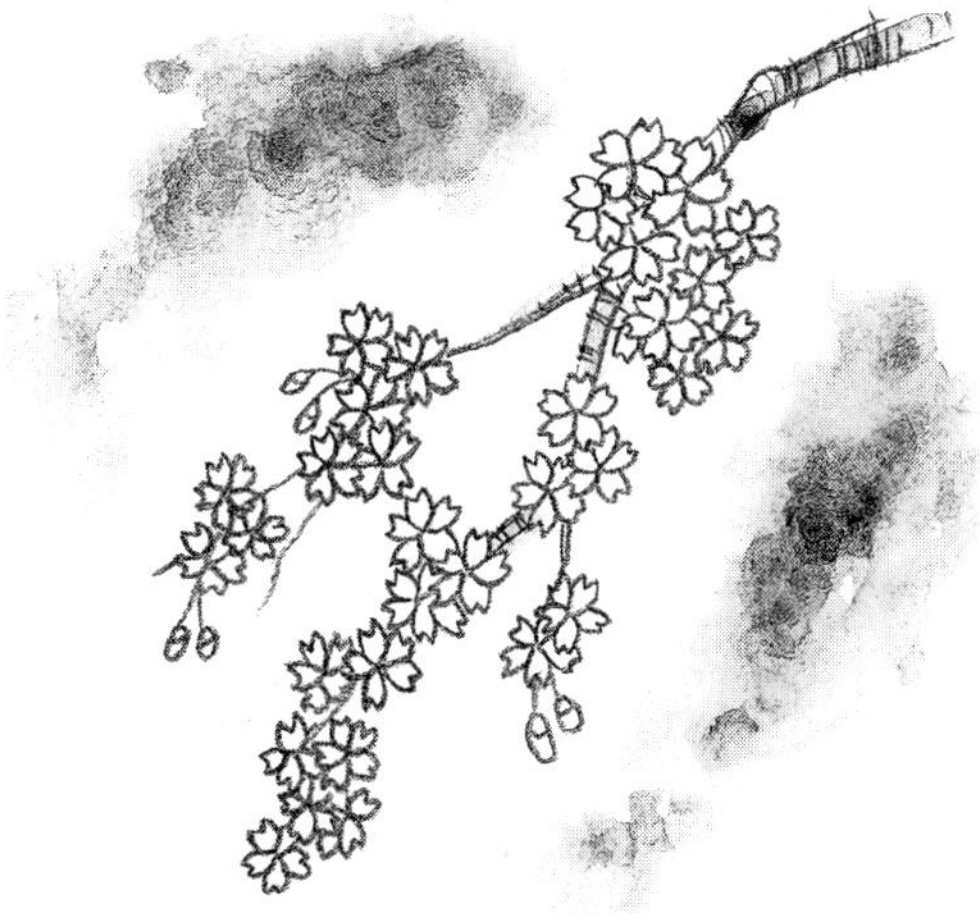

一月一日、友人が死んだ。

突然の連絡から意識不明になっている事を聞き、暮れに見舞ったばかりだった。娘さんのお話から彼女がまだ現役で働いていた事を知り、更に驚いた。

彼女との出会いは四十年前、彼女は看護学校を卒業したばかりの二十代前半だった。当時、看護婦（現、看護師）の重労働、低賃金、長時間労働、人手不足が表面化し都内のあちこちの病院で医療闘争が始まっていた。聖職の網をかぶせて都合のよかった経営者と、ようやく目ざめた労働者意識の違いが対決というかたちで社会問題となりつつあった。私たちの働く私立病院でも年休暇は一日もなく、月給は公務員にも届かなかった。

私は内密に組合結成を進めている人達の会合に誘われて出席した。十名前後の人たちの新鮮な熱気が全身に伝わってくるのを感じた。ただ慢然とすごしてきた私を、緊張と興奮が一気にいろいろな事にめざめさせてくれた。短期の行動だった。準備は着々と秘密のうちに進み、決行日が決定した。彼女を含め数名に打ち明け、協力を頼んだ。前日、彼女たちの一室に謄写板《とうしゃばん》を持ち込み、ガリ板ずりを徹夜でハガキ二枚の大きさの紙に、「人手不足」、「古い体質」、「低賃金」、「過重労働」、と書いて訴えた。みんな興奮の中にあった。

チラシは寮から朝出勤の看護婦に配った。病院の玄関前では、もっとくわしく説明されたチラシが、別の人たちによって配られていた。医師、薬剤師、技師、事務職員にも配られた。

病院内は大騒ぎになっていた。医師を除き、大勢の賛同者を得て組合結成は成功した。この日から団体交渉、ストライキが続いた。夜勤明けのストライキ、会議、眠れる時間が少なく、次第に疲労が増え、同僚、下級生たちが組合の中心となり運動を支えた。

交渉が長びくにつれて、賃金カット、いやがらせなどあって、脱退者も増えていった。しかし彼女たちは他の医療機関との連絡支援に忙しく、遠く九州三池炭坑労組支援に出掛けたり、疲れを知らぬ人のように私を驚かせていた。ストライキ、労働歌、十ヵ月におよぶ緊張の日日が続き、労使双方疲れ果て、妥協を求めていた。

労働条件はともかく、賃金は国家公務員に準ずる事で暮れのおしつまった日、ストライキと闘争は終わった。

何事にも手を抜かず労力を惜しまず精力的に活動した彼女たち。その後それぞれに結婚、交友もとだえていた。

子育てと両立しながら停年すぎても人手不足から延長を頼まれ、働い

ていた彼女、そして、いま、まだ、を残して。

おわりに

出版企画部の鶴巻賢さんの助言を得て一冊の本になりました。ありがとうございました。

私の心の中にあった幼少期の風景が中心になっております。当時聞いたり聞かされたりした経験がもとになっております。

小学生当時は授業中となりの子に話しかけたり、後ろを向いて後ろの子に話しかけたり、窓の外の風景に気をとられ、空想ばかりしていましたから頭を打たれてはっとしたり、バケツの水を持たされて廊下に立たされていました。学校もあまり好きでなかった落ち着きのない子供でした。あの頃と今でもあまり変わっていないように思っています。

二月

著者プロフィール

大下　歌子（おおした うたこ）
秋田県生まれ。
東京都在住。

うりうり

2003年5月15日　初版第1刷発行

著　者　大下 歌子
発行者　瓜谷 綱延
発行所　株式会社文芸社
〒160-0022 東京都新宿区新宿1－10－1
電話 03-5369-3060（編集）
03-5369-2299（販売）
振替 00190-8-728265

印刷所　図書印刷株式会社

ISBN4-8355-5706-9 C0095